ÉDOUARD PÉCLET,

CONTRE

DEMOLOMBE **FÉLIX**, ET CONSORTS.

A MESSIEURS

LES JUGES DU TRIBUNAL DE PREMIÈRE INSTANCE

SÉANT A BESANÇON.

MESSIEURS LES JUGES,

C'EST pour moi un impérieux devoir d'exposer les causes déter-
minantes du débat porté devant vous. Au fils qui plaide contre le
père, s'attache tout d'abord quelque chose d'odieux. Je veux vous
défendre de cette première impression, Messieurs, et s'il pouvait
m'arriver de sortir de cette enceinte déchu de mes réclamations, il
m'importe fort d'en emporter votre estime.

La question d'argent, Messieurs, est, quoi qu'on en ait dit, toute
secondaire ici. En outre qu'elle intéresse ma considération, elle n'est
peut-être qu'un moyen de soulever une question de personne autre
que la mienne. Et puis il est temps enfin de déjouer de vieilles et
ténébreuses intrigues, et de tenter un suprême effort pour arracher
un père à un déplorable aveuglement, et le rappeler enfin à la voix
du sang, au cri sacré de la nature.

Mais, Messieurs, le choix qu'on a fait de mon adversaire, montre
d'une manière tristement éloquente dans quelles mains est tombé un
vieillard... Je ne venais point accuser un père, arrière cette pensée
criminelle, mais demander un compte, discuter des chiffres, froide-
ment, tranquillement, comme je l'aurais fait déjà, si après huit

années de prières, de démarches, d'efforts impuissants, il m'avait été donné d'arriver jusqu'à lui.

Encore une fois, Messieurs, quel est l'avocat que mes véritables adversaires lancent ici contre moi? Le seul, Messieurs, qui, par respect pour lui, pour la robe qu'il porte, l'ordre dont il est membre, n'eût pas dû s'y trouver. M. Clerc le notaire se retranchait pour me frapper derrière la Chambre, c'est avec ma famille qui en a fait le choix, avec les armes qu'elle lui fournit, que M. Clerc l'avocat combat aujourd'hui contre moi..... Il y a progrès vraiment, et parfois il me semble que l'odieux n'a pas de limites. Quand la nouvelle d'un tel choix m'arriva, je fus saisi d'une profonde indignation (1).

(1) Voici dans quelles circonstances j'appris que M. Clerc devait plaider contre moi.... Maintes fois, M. Clerc le notaire avait assuré à des personnes intermédiaires entre nous, que j'avais tort de lui expédier des ambassadeurs, que le passé était oublié, et que je pouvais compter auprès de lui sur le plus favorable accueil. Dans cette occurrence je priai un ami commun, bien posé dans le monde, M. Lanchamp, de lui faire des ouvertures tendant à ce qu'il me prêtât pour le temps que je fixerais, la somme de 2,800 fr., que je me crois habile à lui réclamer. En échange, je le garantissais de toute répétition tant de ma part que de celle de mon père. Il me fit savoir de l'aller voir, qu'il me recevrait très bien. J'y allai, et fus en effet parfaitement accueilli. On parla de l'oubli du passé, du mal qu'on s'était fait réciproquement. Je mettais à tout cela un abandon de cœur extraordinaire. Je revis M. Clerc, je discutai ses propositions, et peut-être fussions-nous tombés d'accord, si tout à coup il ne m'eût dit du plus délicieux naturel : Vous savez que mon frère plaide contre vous. —Contre moi, m'écriai-je étonné..... impossible. — Qu'y a-t-il là d'extraordinaire ? reprit M. Clerc, mon frère est depuis longtemps l'avocat de votre père; il était votre ami, je le sais, mais depuis vous l'avez mis parfaitement à son aise. —C'est vrai, répondis-je avec un sourire peu flatteur.... et après un moment de silence et de colère comprimée.... Tout bien vu, m'écriai-je, je suis heureux de ce qui arrive....Il y avait des gens que ma position difficile à leur égard me forçait à ménager, je les briserai sans pitié. — Vous devriez ne pas plaider, on a communiqué à mon frère des lettres où vous traitez votre père un peu vivement.—Je motiverai ces lettres.—Votre assignation porte avec elle des termes qui prêtent fort à la plaisanterie. — Que m'importe ? Mon frère s'emparera pour vous tourner en ridicule.—Il est libre. — Ainsi M. Clerc aura de l'esprit, beaucoup d'esprit, le mot de Charenton doit même à mon occasion se trouver sous sa parole. M. Clerc aura de l'esprit, son frère est caution ; avis aux amateurs, et qu'on se le dise. — On comprend que depuis je ne revis plus mon honorable et digne successeur.

Ceci se passait au commencement de juin, dans le cabinet même de M. Clerc.

Eh quoi, Messieurs, c'était mon ennemi mortel, tout saignant encore des coups que je lui avais portés, qu'on déchaînait palpitant contre moi. En plaidant dans sa propre cause, en épanchant le fiel vieilli de son âme, il serait éloquent, et le scandale germerait là où devaient se produire seuls le droit et la raison. Combinaison infernale, qu'avait seul pu enfanter le cerveau aux abois de mes nobles adversaires. Qu'il me soit donc permis, Messieurs, de leur témoigner tout haut ma profonde et sincère reconnaissance. A vous donc, madame, qui portez si dignement mon nom.... merci... merci à vous aussi Monsieur Demolombe, auquel je reviendrai.... pour discuter le fils, vous n'avez pas craint de rendre odieux le père....à ce trait je vous reconnais bien... Et cet acte sans nom, consommé en plein ciel ouvert, donnera la juste mesure de ce que depuis huit ans vous avez pu faire contre moi.... dont tout le crime est d'être le frère de votre femme, ou si vous l'aimez mieux, son collatéral, son cohéritier.

Vous le voyez, Messieurs, et je suis heureux de le dire, mon père glisse et s'évanouit du débat. Si la loi m'a mis dans la cruelle nécessité de l'atteindre, j'aperçois s'agiter derrière lui, inquiets et tremblants, mes ennemis les plus acharnés.... Une marâtre, Messieurs, la deuxième que les cieux m'aient donnée, et M. Demolombe, Demolombe, Félix... Je devais à ses parents, à ses homonymes, l'addition rapide du prénom, pour prévenir chez eux toute confusion, et contre moi toute réclamation désagréable.

Ne vous semble-t-il pas avec moi, Messieurs, que cela est bien triste, d'étaler en public, de livrer à d'impatientes curiosités les tristes mystères de la famille, de ce bien suprême à moi refusé, et que j'étais né pour comprendre? Un jour, Messieurs, sous l'impulsion d'une susceptibilité honorable, provoquée par les éclats d'un procès qui me venait des miens, je vais demander aux rives de Marseille l'oubli de mes ennuis, et la continuation de ma carrière...... hélas, par une terrible fatalité, cette carrière était finie; tout ce que je possédais je l'aurais perdu bientôt ; des mains avides, exploitant habilement mon absence, pressent sans pitié le cœur de mon père pour en faire tomber jusqu'à la dernière goutte du sang où pouvait s'être réfugié le souvenir de son fils. Après sept ans de lutte, d'agitation, et pourquoi ne le pas dire, Messieurs, d'une misère dignement portée....je reviens aux lieux de ma naissance. Je frappe à la porte de mon père, elle est fermée sans pitié.... devant elle, impitoyable cerbère, ose se dresser un homme qui m'en défendra l'abord ; mes amis m'évitent, ils avaient raison. J'étais déshonoré.... Et quand seul, abattu, luttant contre l'opinion qui me flétrit, j'écris dans une chambre d'auberge ces lignes indignées d'où j'espère, fort de ma conscience, voir jaillir enfin une tardive réparation ; quand il me faut lutter contre les besoins de chaque jour, il se trouve des gens sans pudeur, qui, sans égard pour des cheveux blancs, envoient un homme (le seul qui n'eût pas dû le faire), me mettre en état de suspicion dans ce même lieu où j'avais cherché un asile.

N'avez-vous pas, entends-je s'écrier, n'avez-vous pas mérité qu'il en fût ainsi.... fils ingrat.... n'avez-vous pas, tout le premier, méconnu les égards du fils envers le père ? J'ai des lettres compromettantes. — Lisez-les, Monsieur l'avocat... avec elles je retournerai contre votre poitrine vos propres accusations ; là j'irai puiser la preuve de mes souffrances, de mes douleurs, d'un désespoir que je laissais éclater dans ces moments solennels où le fils s'efface devant l'homme malheureux... Vous, si ardent, selon votre lettre au Franc-Comtois, à vous enfermer dans le silence, d'où vient que ce silence éclate tout à coup en tonnerres ? ah si vous vous êtes ravisé, c'est que vous n'êtes plus seul, c'est qu'avec les yeux d'une marâtre, d'un beau-frère, vous avez fouillé avidement les archives les plus secrètes du sanctuaire de la famille.... Allez.... puissent les dieux de l'éloquence vous être favorables, puisse le concours de votre talent mettre votre frère à l'abri de toute répétition de la part de votre client, qui sans nul doute vous l'a promis.... Je le savais bien, c'est de l'argent qu'il y a au fond de toutes vos colères.... et je vous les eusse cependant pardonnées, m'arrivant uniquement sous le souffle bien légitime de vos ressentiments personnels.

Il faut vous dire enfin, Messieurs les juges, quelle série d'événements déplorables m'amène aujourd'hui devant vous. Vous verrez que quelle que dure qu'elle fût, cette nécessité, il fallait à tout prix la subir. Ce procès, loin d'entamer mon père, intéresse puissamment notre dignité à tous deux.... Il faut que l'on sache enfin pourquoi je suis frappé d'ostracisme, et dans quelles vues cupides le père et le fils sont, à l'insu du premier, honteusement exploités l'un par l'autre.... Tous les drames, Messieurs, ne sont pas au théâtre.

Je vais remonter rapidement un passé qui n'est pas très loin encore, et relier entre eux et le plus vite possible, pour en déduire certaines conséquences, les fils tristement compliqués de l'historique de ma famille.

Veuf pour la seconde fois, père de cinq enfants nés de deux mères différentes, mon père, pour combler le vide qu'il lui semblait rencontrer auprès d'eux, avisa un troisième hymen. Maître d'une fortune honorable, que ses deux femmes n'avaient pas peu contribué à former et à étendre, abordant déjà la vieillesse, il offrait une heureuse proie à la femme pauvre, mais habile, qui la saurait saisir. Cette femme devait se trouver, Messieurs : elle se trouva. Une était de par le monde, qui s'appelait Rosalie Vernois...... je ne la connaissais pas. On m'avait maintes fois parlé d'elle, comme d'une belle-mère possible. Un tel bruit me semblait sans fondement. Mon père en effet avait cinq enfants..... Ses deux fils n'étaient pas mariés....... moi, l'aîné, j'étais d'âge alors et de position à courir heureusement la carrière du mariage. Le Ciel avait décidé qu'il n'en serait point ainsi. Et bientôt mon père conduisait à l'autel la fiancée de son choix. Je compris, en me résignant, le coup dont cette union allait ébranler mon avenir, et toute mon opposition, dans ce jour à jamais néfaste, fut de faire porter à 1,200 fr. de 800 auxquels il l'avait fixée d'abord, la pension que mon père conferait à sa nouvelle épouse, me fondant justement sur ce que sa veuve ne devait pas mourir de faim. Niais de générosité, qui ne savais comprendre, qu'assise au cœur de la place, cette femme si désintéressée d'abord, saurait bien ajouter à ses avantages matrimoniaux !.... Et le lendemain au temple, mon frère et moi, soutenions sur sa tête le drap fatal sous lequel allait s'enterrer tout notre avenir.

Ce qu'était cette femme, Messieurs, je ne le sais pas, je ne le veux pas savoir. Elle était pauvre, c'était à mes yeux le moindre de ses crimes. Quant à mon père, son nom ne lui appartenait plus, il avait des enfants, un neveu dont le nom brillait d'un grand éclat dans la science. Et personne ne croira, Messieurs, que le père ou l'oncle ait laissé aller à l'aventure l'honneur, la dignité de son nom, sur la tête de la première femme venue.

Non, Messieurs, non, il n'en fut pas, il ne put en être ainsi. Arrière d'envieuses calomnies dont on voudrait déchirer d'obscurs, mais sans doute d'honorables antécédents. Et ces calomnies depouillassent-elles jamais leur caractère, que la belle-mère se rassure, elle est l'épouse, la compagne de mon père, elle porte son nom, que ce nom la protège.

Ce dut être, Messieurs, pour l'étrangère un beau jour, que celui qui la voyait franchir radieuse et souveraine, le seuil d'une maison où elle n'aurait plus qu'à se laisser vivre. La porte de l'adversité se refermait à jamais derrière elle. Plus de pain quotidien à demander au travail ; plus d'échéances menaçantes d'un terme modeste ; on glissait comme par magie de la mansarde au salon, et la fleur étiolée de la lucarne, emblème fidèle des mauvais jours, était oubliée déjà pour les fleurs rares, luxueuses qu'on réchauffait à grands frais sous la serre protectrice. Le vertige dut lui venir, Messieurs, à l'expérimentation d'un bien-être qu'elle ne pouvait espérer, et dans cette organisation surprise, les joies de la jouissance durent amener l'énergie du désir. Posséder, voilà le cri qu'il lui fallut, diplomate habile, comprimer dans son sein. Alors elle regarda l'horizon de sa nouvelle famille qui la recevait presque avec amour, et traçant d'une main hardie, dans le ciel de ses espérances, l'inflexible ligne qu'elle avait à suivre, elle marcha habilement et dans toute sa confiance à la réalisation de ses projets.

De mes trois sœurs, deux étaient mariées à Lyon, Mesdames Laguesse et Burnet. La distance, quelques légers nuages déjà survenus, les dangers de l'absence leur donnaient peu d'action sur l'esprit du père..... Et puis, continuées dans leurs enfants, elles arrivaient à tout événement à la succession de l'auteur commun. L'autre, Madame Demolombe, fatalement enchaînée aux flancs d'un mari odieux, n'existait plus qu'à l'état de cadavre. Elle avait aussi des enfants.... Sur ces lignes l'intérêt matériel ne laissait guère à faire. Seulement on jetterait la discorde entre les maris, les gendres seraient lancés contre les fils, les fils contre les gendres, et sur une atmosphère de mensonges, de ténèbres, de perfidies, on ferait planer, plein de cupidité, le ballon de sa fortune. La puissance de l'action devait donc être dirigée toute entière contre les fils. C'était à eux qu'il fallait s'attacher de préférence. Un célibataire meurt tout entier. La nouvelle venue, avec son aptitude à tout apprendre, n'ignorait certes pas que la portion disponible augmente, à mesure que les ayant-droit diminuent. De moi elle aurait bonne composition, j'étais si bon, si facile, si *jobard* (historique). Quant à mon frère, nature faible, étiolée et denuée de toute énergie, elle se donnerait fastueusement à son égard des airs de maternité, dont le ciel, las enfin de son inclémence, lui avait interdit le bienfait.

Et comme s'il tendait la main aux méchants, pour les conduire, de calcul en calcul au sommet fatal d'où un jour il les précipitera sans pitié, tout sembla se réunir d'abord pour venir en aide à des machinations habilement ménagées. M. Laguesse, mon beau-frère, avait besoin, pour acheter à Lyon une charge d'agent

de change, d'environ 6o,ooo fr. J'engageai mon père à lui fournir
cette somme ; il allait sans dire que pour sa sûreté il se ferait sub-
roger au privilège de vendeur sur le titre à acquérir, en même
temps qu'il demanderait la signature de sa fille. Par une négligence
qui me fut bien cruelle, rien de tout cela ne se fit, Messieurs. D'autres
sommes, assez considérables aussi, avaient été relâchées à la signature
seule de M. Burnet. Pour expliquer ces imprudences, je dois ajouter
que mon père a toujours eu, chez tout ce qui avait figure de com-
merçant, une absolue confiance, et c'est à cette faiblesse qu'il faut
sans doute attribuer l'immense privilège dont M. Demolombe jouit
encore aujourd'hui.

Quand je revins à Besançon, dans le courant de 1832, ce ne fut
pas sans surprise que j'appris ce qui s'était passé. Je signalai les dangers d'une telle conduite ; mon père restait incrédule. J'aurai quand je
voudrai, disait-il, la signature de mes filles. Sans doute, lui répondais-je,
si ces messieurs le permettent.... mais vous ne l'aurez pas, essayez.
L'événement se chargea de me donner raison. Mon père écrivit ; on
répondit fort cavalièrement ; il menaça, on rit ; des poursuites furent
entamées, on s'irrita ; M. Girard, façon d'avoué, dont l'œil sagace
de ma belle-mère avait entrevu le mérite, fut appelé par elle pour
aller à Lyon. M. Longchamp, que mon père dut regretter plus
d'une fois, avait fait jusque-là les affaires de la famille, mais sa
clientelle nombreuse et si bien justifiée lui défendait toute absence.
M. Girard partit. La manière malheureuse dont il traita l'affaire
amena le résultat contraire à celui qu'on attendait, et le procureur
diplomate n'avait pas encore fini le débotté et encaissé son salaire,
qu'accouraient à toute bride derrière lui MM. Laguesse et Burnet,
fraternellement unis dans une ligue offensive contre mon père. Sans
trop se commettre, M. Demolombe avait apporté à l'armée d'in-
vasion le tribut de son savoir-faire. Cette respectable trinité simu-
lant la foudre, autant qu'il était en elle, essayait d'effrayer un
vieillard pour lui arracher en sa faveur des sommes auxquelles elle ſe

figurait avoir droit. Ma place était auprès de lui, je l'engageai à tenir bon ; ce que voyant, MM. Demolombe et Burnet commencèrent à faiblir. Avec cette nature élastique qu'on lui connaît, M. Demolombe sauta bientôt dans le camp opposé ; plus honorable, M. Burnet y mit plus de pudeur, et finit au bout de quelques jours par se rallier à nous. Il avait du reste compris, comme M. Demolombe, que si les répétitions formulées par M. Laguesse étaient fondées, leurs intérêts seraient compromis, diamétralement opposés qu'ils étaient à ceux de ce dernier, réclamant du chef de sa femme, laquelle appartenait à un lit différent.

M. Laguesse ainsi restait seul, justement irrité de l'abandon où le jetaient ceux-là même venus à lui pour conspirer. Ceci M. Demolombe se gardait bien de l'avouer à son beau-père... il gémissait de tout ce qui arrivait, sa douleur était profonde, elle éclatait dans les termes les plus pathétiques, et des larmes vraies comme leur auteur, s'efforçaient, mais vainement, d'humecter sa paupière..... Pendant ce temps, M. Laguesse n'était pas inactif, il réclamait des sommes omises dans l'inventaire des biens de la seconde communauté ; ses droits étaient fondés, sans doute, seulement il en exagérait le chiffre, et usait contre moi de calomnie, en croyant par là augmenter leur puissance.

Il oubliait que mon influence, car j'en avais alors, avait été pour beaucoup dans le prêt qui lui avait donné une position. Dans sa colère aveugle, il m'attribuait l'insuccès de ses démarches, et voulait se venger en me diffamant. Je m'inquiétais peu de ses clameurs, quoiqu'incessantes et partout répétées ; mais mon père s'effrayait, j'avais une position publique. Plus jeune, moins faible, et surtout mieux entouré, il entrevoyait dans ses instincts généreux le préjudice qui pouvait m'être causé. Il négocia. La peur lui arrachait un sacrifice énorme ; il ne se fût pas alors ligué contre son fils ; il comprenait l'honneur de son nom ; la transaction ménagée par M. Bugnottet était prête, elle relâchait partie, à cause de moi, l'énorme somme de 70,000 fr. Pendant tout ce temps M. Demolombe était invisible et muet. A la lecture du projet de transaction, j'éclatai en une juste indignation... Ne signez rien, en grâce, dis-je à mon père, c'est ici une question de vie ou de mort.... Si je suis un fripon... soit.... mais il ne sera pas dit, qu'à cause de moi, il aura été fait un pareil sacrifice. Je ne veux pas que mes neveux m'accusent un jour d'avoir, pour sauver leur honneur, entamé leur fortune. Et je courus chez le procureur-général, M. Laguesse m'y avait devancé.... Au moins ce beau-frère là avait le courage de son infamie.

Il était temps. Malgré l'intérêt qu'il me portait, le procureur-général, en présence de la rumeur publique qui grandissait, allait requérir contre moi.... Mais je suis innocent. — Je le crois, mais mon devoir de magistrat avant tout. — Que faire ? — Prendre l'initiative, et déposer ce soir au parquet une plainte en diffamation contre le calomniateur. Une heure après la plainte était déposée. Le lendemain avait été fixé pour la signature chez M⁰ Bugnottet, de la fameuse transaction. M. Laguesse, heureux et triomphant, accourait la signer ; mais au lieu des 70,000 fr. qu'il espérait toucher, il ne percevait qu'une citation à comparaître devant le tribunal de police correctionnelle, comme accusé de calomnie.

L'homme qui me défendait au jour du débat, c'était M. Clerc, plaidant alors pour moi contre un beau-frère, aujourd'hui plaidant pour un beau-frère contre moi...Triste retour des choses d'ici-bas ! Et pour être vrai jusqu'au bout, Messieurs, je dois ajouter que cette lutte déplorable coûta la vie à ma sœur, et à moi ma carrière.

Epuisé alors de douleur, avec derrière moi une union qui me flattait peu, croyant mon honneur compromis par un récent débat, devant les tentatives de mort qu'essayait une sœur; las enfin de souffrir, je quittai Besançon, espérant, sur d'autres rives, me remettre de tant d'émotions.... Ce fut une faute, Messieurs : ma susceptibilité, quoique très honorable, n'eût pas dû m'entraîner. Mais j'étais jeune, encore ignorant des hommes. Savais-je alors que mon père serait débordé par de honteuses influences; à travers l'affection qu'elle semblait nous porter, pouvais-je deviner la cupidité d'une marâtre?... et seul de toute la cité, dût-on m'en faire un crime, j'ignorais M. Demolombe.

Quelle ne dût pas être la joie de ce dernier, le jour de ce départ qu'il désirait tant, vers lequel il m'avait si ardemment poussé, en même temps que sa belle-mère, qu'il comprenait déjà, usait de toutes ses forces pour m'en distraire. C'était de tous deux une grande habileté, on n'en saurait disconvenir. Je voulais être encore notaire, mais je comptais seul. Les 25,000 fr. auxquels mon père avait droit comme créancier privilégié de l'étude cédée à M. Clerc, M. Demolombe ne pourrait-il les faire arriver dans ses mains. Sa position d'alors était, en effet, intéressante. Des capitaux du beau-père il n'avait plus rien, celui-ci lui ayant depuis longtemps retiré ce qu'il avait prêté, indigné des infâmes traitements dont il déchirait sa fille..... Que les temps sont changés! La victime languit oubliée, sans espoir d'un meilleur sort; mais le proscrit d'autrefois règne et gouverne au foyer paternel, ordonne la table pour lui et les siens, étudie sa belle-mère qu'il flatte, parce qu'il la craint, dirige les affaires du *papa*, veille à sa porte pour en éloigner ses enfants, et fait valoir ses capitaux. L'avenir seul pourra donner à ce mot sa véritable acception.

J'étais arrivé à Marseille pour y traiter d'une charge. Je ne reviendrai pas, Messieurs, sur les douleurs qui m'y attendaient. Mes brochures à M. Clerc ont tout dit à cet égard, moins toutefois l'incroyable impudence de M. Demolombe, qui alors qu'à moitié fou je venais solliciter mon père, ne rougissait pas de se jeter entre lui et moi. Cette fois encore la voix du sang l'emportait, mais hélas! c'était la dernière.

Mes engagements remplis envers mon vendeur, je n'avais pu être nommé notaire. M. Clerc avait agi, et le problème encore à résoudre; mes parents, pour paralyser cet ennemi, avec lequel ils restèrent toujours dans d'excellents termes, n'avaient essayé d'aucun moyen d'action, ni sur la Chambre, ni chez le Procureur-général, ni au Parquet. Je vendis : et comme le vent soufflait avec bonheur sur les offices, je réalisai un bénéfice net d'environ 15,000 fr. aussitôt dévorés, ainsi que vous le diront avec un magnifique sang froid, mes très honorables adversaires.

Préoccupé avant tout des intérêts de mon père, je lui déléguai les 60,000 fr. avancés; la délégation fut acceptée purement et simplement par le créancier, et sa procuration pour toucher adressée aussitôt à un banquier de son choix. Sa lettre au dossier l'établit suffisamment. Cette préférence envers un étranger me surprit beaucoup et me flatta peu. La créance était garantie, autant qu'il m'en souvient, par la signature personnelle de mon vendeur, le privilége sur l'office, l'engagement de mon acquéreur, et cependant plus tard elle devint, dit-on, litigieuse, et il me fut réclamé pour encaissement de 11,000 fr. qui en formaient le solde, la somme de 3,000 fr. que j'aurai à discuter tout-à-l'heure.

Voulant inspirer de la confiance à mon père toujours ardent à me taxer de prodigalité, j'achetai près de Marseille une propriété au prix de 28,000 fr. 9,000 fr. étaient payés en dehors du contrat; cette dissimulation du prix me coûta cher. Quand je lui mandai cette acquisition, je le priais de me prêter 6,000 fr. avec subrogation au privilége de vendeur; déjà alors il était rentré dans la plus grande partie de ses 60,000 fr. Il ne me répondit pas... mais j'avais encore trois mois... et puis ce silence c'était pour moi une adhésion. Qui eût douté? Mais M. Demolombe veillait; si un instant il avait cru aider son beau-père de sa signature, il entendait bien s'indemniser d'un si compromettant service. Le temps enfin était venu pour le négociant de ressaisir la proie que l'immoralité du mari avait fait tomber de ses mains... Et puis les vents contraires avaient touché peut-être les sucres et les canelles; ou bien le prince de l'épice, illustré déjà à tant d'égards, voulait briller d'une gloire nouvelle dans l'arène des spéculations. Une somme de 36,000 fr. fut confiée à sa haute probité... sans doute comme prime d'encouragement à sa conduite envers sa femme. M. Demolombe au moins en a-t-il payé les intérêts?... J'attends de ses livres, de ses livres seuls, un démenti formel... Jusqu'ici je dis... non : quand je n'étais, moi, qu'un misérable tabellion, je savais au moins remplir les engagements que j'avais contractés.

La signature de ma sœur n'avait pas été exigée, pour le prêt... nouvelle faute, qui nous fait glisser tous aujourd'hui, de scandale en scandale, sur le terrain d'une triste publicité. Mais ce refus de signature, c'est de sa femme qu'il émane, s'écrie M. Demolombe, avec son ordinaire aplomb. Pitié... écoutez donc, mari débonnaire, Battant et la ville toute entière vous répondre..? Devant vous votre femme aurait une volonté? une résistance. Vos brutalités sont-elles donc si loin que vous ne puissiez en essayer encore? et pourquoi alors avoir promis sa signature? et à son défaut, à ces enfants qui vous aiment tant, pourquoi ne la pas demander?... cette signature? Prenez garde, comédien, le masque se dérange, je lis sur votre front que vous affectionnez de préférence les sommes qui ne sont pas *rapportables...* Ceci est peu clair... homme habile..., vous me comprenez bien...

Mais l'heure du paiement de mes 6,000 fr. avait sonné. Suspendue sur ma tête, l'expropriation allait frapper, entraînant derrière elle la perte de tout ce que je possédais. Mes lettres étaient sans réponse, je me trompe, on répondit à l'une d'elles par une note au *Sémaphore...* Il est des familles qu'on dirait jalouses de leur déshonneur. Cette lettre, Messieurs, joue un rôle immense dans la cause ; on l'avait conservée avec soin pour s'en servir à l'occasion ; voici l'usage qu'on en fit.... Le *conseil de famille* inquiet de mes démarches, voyant que des débats publics étaient presque inévitables, tenait à les conjurer à tout prix. On exhuma cette lettre de sa poussière, elle était de 1836. Revêtu de cette armure, mon père, sans comprendre la portée de tout ce qu'il allait faire, fut lancé chez le procureur du roi. (Ceci se passait à Besançon en juin 1844.) La lettre fut présentée comme écrite tout récemment; on la prétendait menaçante; mon père pleurait.... Emu, M. le procureur du Roi m'appela : mes explications ne furent pas longues...Voilà, Messieurs, avec quelles armes savent combattre mes nobles adversaires...M. Laguesse au moins avait le courage de ses accusations, il les formulait en personne, et n'avait pas l'âme assez flétrie encore pour s'abriter honteusement sous les cheveux blancs d'un père, d'un vieillard.

Revenons maintenant, Messieurs, au mois de mars 1843. Une question de dignité devant laquelle j'avais dû devoir résigner mes fonctions à la préfecture de la Seine, ma santé altérée, un vague désir de vérifier certains soupçons, m'avaient ramené à Besançon. Aucuns bras, je le savais bien, ne s'entr'ouvriraient pour m'y recevoir. Des lettres adressées à ma famille à Paris, avaient annoncé que taré je n'oserais reparaître ici. Cette menace me fit accourir plus vite. La terreur fut grande sous le toit paternel; la maison sévèrement gardée. M. Demolombe, que j'avais rencontré chez ma sœur, avait pâli à mon aspect. Je ne doutai plus. J'étais exploité, et de ce jour je jurai de me former à tout prix une conviction.

Logé à l'hôtel de l'Europe, M. Demolombe ne tarda pas à m'y venir trouver. Que venez-vous faire ici, demanda-t-il, de son ton le plus matamore? Savoir, répondis-je, où en sont vos affaires. Ce mot le calma.... Votre père ne veut pas vous recevoir, reprit-il d'un ton plus insolent encore. — Sortez, Monsieur, il sortit. M. Burnet alors était venu de Lyon. A lui et à M. Demolombe détenteurs d'une somme à peu près égale, 40,000 fr. environ, mon père avait demandé qu'il en fût distrait de la part de chacun une somme suffisante pour que la mienne fût égale à la leur. M. Demolombe répondit qu'il ne rendait rien. M. Burnet, que je me garderai de lui comparer, adhérait au rapport... Alors qu'avisa le premier? de fabriquer contre moi un compte d'environ 37,000 fr., ayant reçu autant que lui, je n'aurais rien à dire. — L'idée était ingénieuse; le compte fut dressé bientôt; M. Thiers lui-même en eût pâli; M. Burnet l'apportant, je l'accueillis, par un grand éclat de rire.... Je regrette, Messieurs, de ne l'avoir pas gardé, il suffirait à vous édifier sur les moyens de mes adversaires.

Il fallait cependant s'affranchir de ma présence. Egaré par de perfides conseils, M. Burnet insistait vivement auprès de moi. Pour vaincre mes résistances, madame Péclet lui adjoignit le jeune Brugnon. Ce dernier était parent de M. Demolombe, pour moi triste recommandation. Son regard oblique, sa figure mi-partie des deux sexes, des manières peu dégrossies, une taille déjà courbée sous le prix de sa charge sans doute, me prévinrent peu en sa faveur (1). Il allait être le notaire de la famille, madame Péclet ayant ses raisons pour qu'il en fût ainsi. M. Bugnottet, qui l'était depuis vingt ans, avait tout à coup cessé de convenir. Sa probité était connue cependant, mais il me portait de l'intérêt, il tenait à mon père pour moi un langage d'honnête homme, et puis il avait énergiquement protesté contre l'arbitraire de la chambre des notaires, autant de causes de proscription sous lesquelles il devait tomber. Le jeune chevalier du notariat, qui bientôt allait recevoir l'accolade, tenait du reste à gagner ses éperons. Chaque matin il me venait saluer avec l'aurore ; j'étais flatté de tant d'égards, honoré, moi petit, de le voir agiter, pour m'éblouir, ses ailes resplendissantes, dorées au titre que vous savez. Mais ni ailes ni éloquence n'arrivant à me fasciner, le compte ne se signait pas. Ce que voyant, son gouvernement le chargea d'une nouvelle mission. Il vint un matin, porteur d'un sérieux magnifique, m'offrir 300 fr. pour vider la place de Besançon... Qu'on n'aille pas mesurer à l'énormité du chiffre, l'ardeur que ceux qui l'envoyaient mettaient à me voir partir. J'eus le courage de résister. Achetez donc vos ambassades de 190,000 fr. pour échouer dans de pareilles missions.

---

(1) On se rappelle la profonde sensation que causa dans la province l'acquisition par M. Brugnon, de l'étude de Me Rolle, notaire.... au prix de 190,000 fr. Chacun s'étonna. M. Brugnon, trop confiant dans l'avenir, eût dû cependant savoir, que tout au contraire de la pomme de Galilée, ces sortes de valeurs, en les supposant maintenues dans les conditions de leur existence actuelle, étaient appelées à perdre de leur puissance, à mesure qu'elles auraient parcouru plus d'espace.

Je le revis rarement. Une fois il me dit que M. Demolombe m'empêchait de rentrer chez mon père... il avait raison, et je l'en remercie. Une autre fois, il me félicitait de ma brochure à M. Clerc; une autre fois pour arriver au cœur de ma confiance, (ses instructions étaient sans doute telles) il m'offrait de l'argent, et plus tard, quand j'acceptais offre et deniers, tout avait disparu. D'où... il faut dire, avec le Romain, *acto*, non, *tabellioni fides debetur*.

A bout de moyens, et comme moyen extrême, on envoya mon père me mettre en état de suspicion à l'hôtel de l'Europe. Le propriétaire répondit que je l'avais payé d'avance : noble mensonge, qui malheureusement honorait plus son auteur que celui qui l'avait provoqué... Voilà, Messieurs, où la cupidité, s'aidant de la ruse, a fait descendre un malheureux vieillard. Ma brochure à M. Clerc venait de paraître alors; mon père (je le tiens de M. Brugnon) se contenait à peine; sa femme éclatait contre moi, et le silence de M. Demolombe parlait assez haut. L'honneur de mon nom cependant les intéressait tous, ce me semble... C'est qu'ils savaient bien, ceux-là, que le coup que je frappais irait retentir un jour à leur poitrine; c'est qu'avec cette seconde vue des coupables, ils me voyaient déchirer sans pitié de ce glaive que j'aiguisais alors, le voile honteux de leurs intrigues.... Et devant les faits tout palpitants, qui de vous m'osera démentir, de vous, Madame, de vous, Monsieur? Qui dans vos mains fut l'instrument de ma perte en 1836? dans quels bras venez-vous de vous jeter éperdus, pour décliner mes coups? de quel œil ennemi avez-vous fait scruter mes lettres les plus intimes pour les retourner contre moi? en quel nom sacré avez-vous invoqué une éloquence étrangère, espérant par là conjurer ces torrents de sinistre lumière dont je vous veux inonder? et vous avez cru m'intimider par vos avocats, vos scandales, vos délations, la mise en vente des propriétés de mon père? en même temps qu'à votre plus grand profit vous jetez la honte sur la tête du père, vous appelez de tous vos efforts la ruine du fils dans son bien et dans son honneur? Eh bien, j'accepte la lutte....

A vous l'argent, à moi l'estime publique, à chacun l'élément qu'il peut le mieux comprendre.... Mais vos vérités, je vous en frapperai jusqu'à la fin, sanglantes comme le mal que vous m'avez fait, dût chaque ligne qui tombe me pousser d'un pas à travers un fatal aveuglement jusqu'à une exhérédation absolue. — Ah, vous avez cru qu'il serait commode d'exploiter le fils par le père, d'arrêter le premier quand il allait serrer la main au second, et reconnaître ses torts...? car j'en ai eu, des torts, mais vous les avez provoqués! déjà vous vous partagiez d'opimes dépouilles.... Spéculateurs habiles, vous comprimiez sa voix, sachant bien que de son silence jailliraient de moi contre lui, de ces reproches immérités dont il me faudrait rougir plus tard. Ces lettres où le fils respectueux se produisait tout entier, qui les arrêtait? les autres toujours répétées, reproduites, vous serviraient à limer pour ainsi dire son affection et lui apprendre à me maudire? qui de vous, en un an, m'a fait dénoncer deux fois?... qu'il se lève, s'il l'ose celui-là, s'il se cache à cette audience sous la toge d'un ami? qui de vous a compté sur une vertu surhumaine pour faire du foyer paternel une auberge ouverte à tous les vôtres, quand il me faut, moi qui y suis venu avant tous, porter inquiet, de maison en maison, mes pénates en lambeaux? De moi, Edouard Péclet, ou de vous, Félix Demolombe, qui doit l'emporter ici? comment se justifie cette préférence que vous surprenez à mon père? par votre considération....? Passons.... votre intelligence des affaires? la mienne égale la vôtre, je crois, si nous limitons les affaires à leur cercle véritable... vos égards de gendre? l'intérêt seul les inspire. — Votre fortune? nous compterons, quand vous aurez garanti ou remboursé certain créancier.... la dignité de votre conduite? écoutez la voix publique qui répond pour moi. — Votre religion de l'hymen? regardez donc cette femme que le ciel cruel ne rappelle pas à lui. Qu'êtes-vous donc en vérité, d'où vous viennent ces airs de supériorité que vous prenez sur moi? serait-ce, parce que jaloux de vos lumières, le tribunal consulaire vous a fermé ses portes, ou bien, que chassé sous le souffle puissant de la pro-

3

bité de M. Mairot, qui en demandera pardon à Dieu et aux hommes, votre esquif ballotté a pu toucher aux plages tant désirées du cercle du *commerce?* ou bien encore que las de la raison sociale, M. Courtial, honnête homme, n'est-ce pas?... se sera retiré de vous. Après la sœur, Messieurs, c'est le frère qu'il faut à cet homme, parce qu'il a pensé, logicien profond, qu'issu du même sang, j'aurais la même faiblesse. Il y a des gens qui comptent seuls, et qui, parce qu'ils ont, à force de ruse et d'audace, comprimé l'opinion publique, ne croient pas qu'un jour elle se relèvera indignée, brisant de ses éclats terribles le front de l'imprudent qui l'aura voulu surprendre. N'est-ce pas, Monsieur Demolombe, que la vengeance est boiteuse, mais qu'elle arrive. Trop longtemps on m'a accusé d'égoïsme; on a dit devant les ignobles traitements dont elle était victime, que ma sœur n'avait pas de frère.... Il est venu enfin, et avec lui l'instant de régler nos comptes.... oui, Messieurs, je le confesse, j'aurais dû la protéger plus tôt.... mais jeune, longtemps absent, bien des faits m'étaient restés inconnus.... et puis l'adversité qui ne m'avait pas encore froissé de sa main de fer, laissait endormis en moi des instincts généreux... Malheureux, j'ai compris la souffrance, j'ai compris aussi qu'il était temps enfin de remplir un devoir trop longtemps retardé. Oui, Messieurs, je viendrai vous demander bientôt, et j'en prends l'engagement d'honneur, si sur cette noble terre de France, là où toujours les hommes et les institutions ont respiré pour la femme du culte le plus souverain, où le code s'empreint à chaque ligne d'une attentive protection à la femme, toujours mineure parce qu'elle est toujours faible, si, chez la reine des civilisations, une femme doit périr oubliée entre l'égoïsme de sa famille, son inertie à elle, et les ménagements hypocrites et provisoires, d'une nature qui a fait ses preuves... Et savez-vous, Messieurs, comment elle a réintégré le domicile conjugal?.. Elle vivait depuis longtemps auprès de mon père, mais après son mariage, un tel voisinage gênant sa nouvelle épouse, celle-ci dût s'en affranchir, et au nom de la morale publique étonnée de se trouver là, ma sœur fut rattachée à son mari. Bientôt le fuyant, elle demandait aux flots une mort cruellement refusée.... oui cruellement, Messieurs, et vous verrez plus tard ce qu'un tel mot recèle en lui d'humanité... rapportée mourante chez son père, la victime retournait le lendemain a son supplice...Aujourd'hui M. Demolombe est le modèle des maris; néanmoins, je viendrai vous demander pour ma sœur un peu d'air, de lumière et de liberté; car si juges vous appliquez la loi par conscience, par devoir, combien il doit vous être doux, comme hommes, quand elle est d'accord avec elle, d'appliquer l'humanité... Mais hâtez-vous, la mort ne relâche pas toujours sa proie... ne disent-ils pas qu'elle est folle...? que contre ses douleurs, elle cherche dans le vin ce qu'il y cherchent eux, pour leurs orgies, tortionnaires ignares auxquels il faut apprendre que les Romains couronnaient de fleurs leurs victimes, mais ne les insultaient pas.

Et l'enquête sur faits ne sera pas longue, Messieurs; Besançon se lèvera avec moi tout entier.... car dès longtemps l'opinion publique a prononcé..... Pardon, Messieurs, à ces cris emportés d'une juste indignation, ne me les imputez pas à crime.... Quels ménagements dois-je à cet homme? ne m'est-il pas redevenu étranger? Ce que la loi a uni, l'immoralité ne le saurait–elle donc briser...? et puis rassurez-vous, chacune de ces lignes lui portera ses fruits, il saura bien s'en armer auprès de qui de droit, et sur un terrain savamment détrempé verser de telles larmes qu'elles entraînent à leur courant assez d'or pour indemniser leur auteur.

Vous comprenez, j'aime à le croire, Messieurs, quel intérêt, chez mes adversaires, commun, puissant, d'actualité, et d'avenir, me défend d'approcher... présent, je recouvrerais mon influence de fils; absent, elle est nulle. Près de mon père, le dégageant des erreurs où il vit, j'obtiendrais la signature de ma sœur, ou à son défaut une garantie, et c'est ce qu'on ne veut pas. Là ébranlant ses entrailles, je m'en aiderais pour délivrer sa fille, tandis que réduit à mes seules forces, il me faut faire appel à l'opinion publique; les parasites vendus seraient balayés, les honnêtes gens reviendraient; l'affaiblissement des

organes arrivant, la captation serait impossible sous un œil toujours ouvert. La piraterie des successions serait plus difficile près
des côtes où je naviguerais... et les rêves honnêtes seraient à jamais
relegués dans le royaume des illusions. Aussi quelles terribles bar-
rières ont surgi devant moi, que rien n'a pu franchir, ni mon
oncle, vénérable vieillard, venu de Paris pour cela, ni mes amis,
ni mes instances, ni celles d'hommes honorablement posés. Devant
un commun danger, les intéressés oubliaient leur haine secrète pour
s'unir dans une mutuelle défense... Que voulais-je cependant?.. rien
qui ne fût juste, naturel, équitable. — Une lettre que je retrouve,
datée d'Allemagne, où je venais d'échapper, comme par miracle, à
une maladie jugée mortelle, vous le dira mieux que moi.

Wiesbade, le 24 décembre 1843.

« Mon père,

« La lutte qu'il a fallu soutenir pour arracher à M. Laguesse
» votre gendre, les 60,000 fr. prêtés à lui seul, a coûté la vie à votre
» fille, à moi ma carrière.

» Malgré cette terrible expérience, vous avez encore confié à la
» seule signature de M. Demolombe une somme de 40,000 fr. en-
» viron, alors qu'à moi vous refusiez 6,000 fr. sur hypothèque ;
» quand je suis venu à vous, votre porte était fermée, bien gardée par
» M. Demolombe et votre femme, deux geoliers dont l'inquiète vi-
» gilance n'avait d'égale que la cupidité qui l'inspirait ; et quand votre
» frère est venu de Paris, malgré ses 75 ans, pour faire cesser un
» scandale trop longtemps public, sa voix génereuse a été étouffée
» sous les jongleries combinées de votre femme et de votre gendre.

» Et quand après 6 mois d'une étude surhumainement patiente de
» deux natures heureusement exceptionnelles, je sentais éclater mon
» indignation, la crainte d'un scandale me jeta sur la terre étrangère,
» où je tombai mortellement malade, où j'aurais dû mourir...

» Aujourd'hui, brisé dans tout avenir, et pour avoir quelque
» ressource devant la possibilité d'une union convenable, je viens
» vous prier :

» De me restituer les valeurs que je vous ai confiées à titre de dépôt.

» De me tenir compte des sommes prêtées à Mme Péclet ;

» D'arrêter le compte existant entre nous ;

» De me compléter une somme égale à celle prêtée à mes beaux-
» frères ;

» De faire peser sur M. Demolombe seul, la somme nécessaire à ce
» complément, attendu que par la non signature de sa femme, les
» capitaux qu'il détient peuvent être compromis ;

» Et enfin de me constituer une dot égale à celle qu'ont reçue
» mes sœurs.

» Veuillez, je vous prie, ne vous inspirer que de vous seul, pour
» apprécier les égards dus à ma demande, que chacun, je crois,
» trouvera naturelle. Moins que personne, j'aime le bruit et l'éclat,
» mais aussi le rôle de dupe ne saurait nullement me convenir.

» Faire ce que je demande, sera à la fois un acte d'équité, et
» un moyen radical de vous affranchir de mes importunités et de
» ma présence. Vous avez brisé avec tous vos enfants, au profit
» d'une étrangère et d'un M. Demolombe. Comme fils, je dois me
» taire sur les causes incomprises d'une pareille conduite, comme
» aussi accepter d'avance, avec une entière résignation, les sacrifices,
» qu'à notre détriment, aura su vous arracher une société en parti-
» cipation, que je me réserve, au reste, de dévoiler bientôt. »

Je reste avec respect,

Votre fils dévoué.

Ed. Péclet.

Etait-ce trop, Messieurs, pour moi le fils, pour moi toujours victime, d'obtenir une position semblable à celle de M. Demolombe,
quoique je n'aie pas pignon sur rue ? — Mais tout m'est refusé, même

la discussion du compte par voie de tiers, même le double du titre constituant M. Demolombe débiteur de mon père ; *cartæ volant*, dit-il, et cela lui sourit. Ainsi, Messieurs, être dupe, voilà mon rôle de toujours. A ma demande, mon père élève la pension de sa femme, elle me chasse. — Le beau-frère auquel je fais obtenir 60,000 fr. pour une position, il me diffame. — En fils qui s'estime, je fais cause commune avec mon père, et la guerre finie, il m'abandonne. Le mobile qui me faisait combattre avec lui le pousse aujourd'hui contre moi. — C'est de mes deniers qu'on achète mon déshonneur ; et quand je les réclame, on se jette dans les bras de ceuxlà même qui me les ont arrachés? pour détruire un compte absurde, qui néanmoins peut avoir ses dangers dans l'avenir, il me faut recourir aux tribunaux. En même temps que je suis abandonné sans ressource, une somme de 40,000 fr. est jetée à l'aventure aux mains du mari le plus brutal. Malade, je viens chez mon père, et le seul homme qui devrait rougir d'y arriver, s'y présente pour m'arrêter au seuil. Au lieu de me défendre de mes ennemis, on implore leur talent, leur habileté, leur éloquence. — Après m'avoir fait perdre ma position, tout ce que je possédais, on essaie du scandale, dans l'espoir qu'effrayé je déserterai une ville où je trouble tant de quiétudes, dérange tant de projets....

Mais de quoi suis-je donc coupable, Messieurs, pour me tordre toujours dans ce cercle de damné?... Je le demande au plus sage d'entre vous, qu'eût-il fait, que ferait-il, traqué comme je le suis? il crierait justice, comme moi aujourd'hui devant vous, devant l'opinion. S'il y a des scandales, je les regrette de toute mon âme, n'en suis-je pas solidaire ? mais ceux qui les ont provoqués les voyaient sur leurs têtes ; pour eux, pour les leurs, ils les eussent prévenus, s'ils les eussent redoutés. Qu'ils s'accusent donc seuls. Et si j'ai agi comme je l'ai fait, et je le dis en toute sincérité, c'est qu'il n'y avait nul moyen d'en agir autrement. Et chose vraiment déplorable, Messieurs, c'est qu'au premier aspect les accusations vont à mon père.... il est si facile d'accuser.... **Comme il se conduit envers son fils!** voilà le cri

public... Eh, mon Dieu, il est âgé, Messieurs, les chagrins de sa fille
ont creusé plus d'un de ses jours; l'énergie du bien, du convenable
lui manque, étouffée sous d'incessantes machinations. C'est sa femme,
Messieurs, habile s'il en fut, dont tout le premier, moi, j'ai été
dupe; c'est M. Demolombe que vous connaissez, et les enfants,
et les amis, et les parents, et les Girard, et les Brugnon : Girard,
l'ami de Demolombe ; Brugnon, le protégé de ma belle-mère, le parent de M. Demolombe. Que voulez-vous qu'il entende, au milieu
de bruits intelligents à ne produire qu'un son ? sous quels courants
voulez-vous que les vents honnêtes lui arrivent du dehors, à lui,
toujours obsédé, étourdi ? Quand son cœur bat, une main attentive
le comprime; si la nature tend à se réveiller, on essaie de poisons
éprouvés pour ramener le sommeil qu'on désire... On ne recule devant aucun mensonge ; il en est de si odieux que ma plume ne les ose
reproduire. Un père est toujours père, la nature ne se prescrit pas, il est
trompé, voilà tout... Oh ! pourquoi n'avoir pas découvert plus tôt
tout ce qui se tramait, je ne serais pas à regretter certaines lettres. Car
mon père, Messieurs, depuis longtemps joué comme moi.... voilà
ce qui m'a indigné, voilà ce qui avec ma sœur qu'il faut sauver quand
il en est temps encore, ne m'a pas fait reculer. Jetez dans la fange
la fleur la plus généreuse, la plus odorante.... imprégnée soudain
de miasmes putrides, elle se flétrira, et bientôt rien ne l'aura plus dis-
tinguée du milieu corrompu où elle sera désormais forcée de vivre.

Maintenant, Messieurs, que vous voilà édifiés sur mes adversaires,
discutons en courant ce terrible compte pour lequel, à leur grande
surprise, nous sommes enfin devant vous ; car ils avaient pensé qu'il
n'y aurait pour moi ni avoué pour occuper, ni avocat pour plaider.
C'est d'abord, Messieurs, une erreur matérielle, à mon préjudice,
d'une somme de 4,000 fr.; puis 2,000 fr. abandonnés à M. Clerc
sans cause et sans mandat suffisant. Si on m'objecte la reconnaissance de cette somme, je soutiens qu'elle n'est pas opposable,
qu'elle est conditionnelle, que la condition n'a pas été remplie,

qu'elle s'est opérée sous l'intimidation d'une violence morale, qu'elle n'a pas été appuyée en son temps de la transaction du 25 mars 1836, que je n'ai pu obtenir, à force de démarches, qu'en juillet 1843. Qu'alors que j'en faisais le sacrifice, j'en croyais la cause honorable, je voyais en elle un moyen de calmer M. Clerc, et d'arriver sans obstacle à ma nomination de notaire à Marseille. Rien de tout cela n'a eu lieu ; non, Messieurs, non, et mon jeune et honnête avocat, vous le dira mieux que moi ; je ne saurais acheter ma flétrissure.... parce que dans aucun pays, sous aucune législation, le supplicié n'est astreint à solder de ses deniers l'instrument du supplice.... Puis viendront les 3,000 fr. pour le fameux encaissement à Marseille de 11,000 fr... Cette réclamation ne se reproduira pas, j'aime à le croire ; puis 300 fr. que j'avançais pour mon père, à l'effet d'offrir à M. Clerc une tabatière en or ; après, diverses petites sommes qu'il est inutile d'énumérer ; et enfin une répétition de 2,500 fr. qui m'est faite pour le prix moyennant lequel mon père s'était rendu cessionnaire d'un privilége de vendeur que je lui abandonnais sur la propriété achetée à Marseille. Nous insisterons sur ce point, Messieurs, moins pour la question d'argent que pour celle de moralité ; car il y a au fond de telle affaire des ténèbres qu'il faut éclairer. Mon père, Messieurs, avait pris l'engagement d'exercer ce privilége de vendeur, moi de rapporter le prix de la cession si l'exercice de ce privilége ne replaçait pas l'immeuble sur ma tête, qui du reste n'a pas cessé d'y reposer, tous les intermédiaires entre moi et son détenteur actuel, n'étant qu'imaginaires. Surpris par des calomnies que je connus trop tard, le ministère public du tribunal d'instance de Marseille, dans des considérants qui vous frapperont, Messieurs, conclut au maintien d'une vente essentiellement nulle en droit. Quand ils m'arrivèrent, je rédigeai à la hâte un mémoire pour en détruire l'échafaudage.... Il y avait, Messieurs, des imputations fort graves ; on me faisait le complice d'Arnaud de Fabre, ce notaire aux 1,200 faux, moi qui au plus beau soleil de sa réputation, l'avais dénoncé au procureur du Roi... Je recommandais d'appeler.... on n'en fit rien... derrière cet appel, cependant, il y avait pour moi toute une fortune d'honneur et d'argent.— Et pourquoi, Messieurs, une transaction a-t-elle eu lieu à mon insu?... Toutes mes lettres pour le savoir ont été inutiles.... Si mon père, Messieurs, n'agissait que par lui-même, ma réponse serait facilement négative; dans la position où il est placé, je suis forcé de me laisser entraîner au torrent des plus vastes hypothèses.

Voilà, Messieurs, les énormes difficultés sur lesquelles nous n'avons pu nous entendre mon père et moi. Rien là qui cependant étonne. Un réglement de compte faisait taire toutes les calomnies; on n'expliquait plus mon exclusion de chez mon père par la dépense de 150,000 fr. dont on me charge à dessein. De cette apuration de compte, sortait pour moi le droit d'obtenir autant que mes beaux-frères. Ces sommes versées sur le trop qu'ils possédaient m'eussent apporté du bien-être; les besoins de la vie m'eussent été moins sensibles.... un mariage eût été possible.... Les chances de prédécès étaient reculés, je me continuais dans mes enfants. Ces lettres dont on est si fort, n'eussent point été écrites, et la mort échappait comme moyen, aux spéculateurs.

La vérité vous est allée, Messieurs, dans toute l'expansion de mon âme. Vous savez maintenant qui je suis, qui nous sommes, car mon frère, ma sœur, moi, nous voilà confondus dans une même proscription. Après ma réhabilitation, ce que je viens chercher auprès de vous, Messieurs, ce sont quelques débris dont je puisse m'aider à me refaire une carrière, à entamer une lutte qui sera terriblement soutenue au sujet d'une femme qui vous ferait pitié..... et que cependant on voudrait garder à tout prix... valeur représentative qu'on respectera jusqu'au jour de l'encaissement. Oui, je frémis, Messieurs, en pensant à ce qu'il adviendra d'elle, alors qu'elle n'aura plus pour la protéger que l'ombre impuissante de son père... Puissance maritale, que tu dois être terrible, fonctionnant entre certaines mains !

Ce que dans votre justice vous ferez aujourd'hui, Messieurs, sera un pas vers une bonne action; ma sœur n'a plus que vous et moi au monde, aidez-nous. Alors que la famille se relâche, c'est à vous, à votre saint ministère d'appuyer ceux qui la défendent dans son droit, dans sa dignité. Vous êtes de par la loi, de par le cœur, les protecteurs de l'humanité, et si l'homme qui comparaît à votre barre, a parfois, dans ses clameurs ardentes, oublié la dignité du lieu, rappelez-vous ce qu'il a souffert; n'oubliez pas ce qu'il est peut-être appelé à souffrir; voyez derrière lui une femme belle, jeune encore qui vous tend les bras; songez que je combats pour mes foyers, pour l'honneur d'un père abusé, et dont il m'importe de voir le nom, héritage sacré qu'on ne m'enlevera pas, m'arriver en dehors de toute impureté, et que proscrit peut-être pour toujours, je devais à mes amis, à moi, de vous dire par quelles mains, sous quels artifices, je suis tombé, moi qui naguères encore sur la terre étrangère, épuisé de douleurs et de besoins, n'avais plus qu'à jeter à mes ennemis, satisfaits enfin, ce cri dernier et funèbre des martyrs de l'antiquité à leurs bourreaux. *Vos morituri salutant.*

ÉD. PÉCLET, Avocat.

Besançon, le 29 juin 1844.

BESANÇON. IMPRIMERIE DE BINTOT, PLACE ST-PIERRE.

www.ingramcontent.com/pod-product-compliance
Lightning Source LLC
Chambersburg PA
CBHW061630180626
46818CB00005B/2320